日本一短い手紙

「わすれない」

本書は、平成二十五年度の第二十一回「一筆啓上賞―日本一短い手紙　わすれない」（福井県坂井市・公益財団法人丸岡文化財団主催、一般社団法人坂井青年会議所・株式会社中央経済社共催、日本郵便株式会社・福井県・福井県教育委員会・愛媛県西予市後援、住友グループ広報委員会特別後援）の入賞作品を中心にまとめたものである。

同賞には、平成二十五年四月一日～十月十一日の期間内に四万一二三七通の応募があった。平成二十六年一月二十日に最終選考が行われ、大賞五篇、秀作一〇篇、住友賞二〇篇、坂井青年会議所賞五篇、佳作一六〇篇が選ばれた。同賞の選考委員は、池田理代子、小室等、佐々木幹郎、中山千夏、林正俊の諸氏であった。

目次

入賞作品

大賞

秀作

住友賞

坂井青年会議所賞

「おじいちゃん」へ

おほしになってしまったけど、
わすれないよ。でも、めい、
かなしくておほしがみれない

大賞
日本郵便株式会社
社長賞
山田　芽依
京都府　5歳　幼稚園

優しかった、娘の祖父が亡くなりました。

祖父が教えてくれた一番星を見つけてしまうと、いつも娘は　こう言って泣いています。

「コーヒー好きの旦那」へ

陣痛最高潮《じんつうさいこうちょう》の嫁《よめ》の横《よこ》で
コーヒー飲《の》んで寛《くつろ》ぐな。
あの呑気《のんき》な姿《すがた》、一生《いっしょう》わすれへんで。

出産に男の出る幕は、あるのでしょうか…。
オロオロもせず、呑気でいられるのは、まさかの展開でした。

大賞
日本郵便株式会社
社長賞
花澤　かおり
兵庫県　35歳　主婦

「うまだ先生」へ

しゅくだいは、ちゃんとやってあります。
持《も》ってくるのをわすれないようにします。

大賞
日本郵便株式会社
社長賞
樋口　陽大
福井県　8歳　小学校3年

「娘」へ

忘《わす》れないよ。
3・11の夜《よる》、ぎゅっと握《にぎ》ってくれた
君《きみ》の小《ちい》さな手《て》が、ママにくれた勇気《ゆうき》。

大賞
日本郵便株式会社
社長賞
大浦　みどり
岩手県　37歳　主婦

「母さん」へ

ゴミは出《だ》したし洗濯《せんたく》もすんだ。
あとは…そうだ線香《せんこう》あげるのを忘《わす》れてた。
おはよう母《かあ》さん。

大賞
日本郵便株式会社
社長賞
髙橋 隆三
神奈川県 77歳

「六才になったおとうと」へ

「おれについてこい。」って
さい近《きん》よく言《い》うけど、
じ分《ぶん》がおとうとってことわすれてない？

秀作
日本郵便株式会社
北陸支社長賞
齋藤　優月
福井県　8歳　小学校2年

「亡き友」へ

昭和三十九年《しょうわさんじゅうくねん》、
君《きみ》と走《はし》った聖火《せいか》リレー。
忘《わす》れたことはない。
また東京《とうきょう》に五輪《ごりん》が来《く》るよ。

二〇二〇年東京五輪開催が決まった朝、一緒に聖火ランナーを務めた親友の写真に合掌！

秀作
日本郵便株式会社
北陸支社長賞
渡会　克男
千葉県　63歳　公務員

「思い出の年下の君」へ

「惚《ほ》れてもいいかな」
今思《いまおも》い出《だ》してもウフフ。
絶対《ぜったい》に忘《わす》れてあげない。

もう三十年も前の話です。過去の栄光といったところでしょうか。

秀作
日本郵便株式会社
北陸支社長賞

町田 ゆかり
長野県 56歳 自営手伝い

「やさしい主人」へ

病床《びょうしょう》で、短《みじか》い私《わたし》の左手《ひだりて》の
生命線《せいめいせん》を黙《だま》ってペンで書《か》き足《た》した
あなたの気持《きも》ち忘《わす》れません。

秀作
日本郵便株式会社
北陸支社長賞
村松　みどり
静岡県　農業

「漢字ドリル」へ

もう忘《わす》れたりしないから、
出《で》てきて下《くだ》さい。
早《はや》くしないと夏休《なつやす》みが終《お》わっちゃう。

秀作
日本郵便株式会社
北陸支社長賞

関口　大毅
福井県　9歳　小学校4年

「一才で亡くなった長女」へ

忘《わす》れたくない君《きみ》の元気《げんき》な泣《な》き声《ごえ》を、
うっかり思《おも》い出《だ》さないよう
母《はは》は今日《きょう》も鼻歌《はなうた》を歌《うた》います

秀作
日本郵便株式会社
北陸支社長賞

川波　優心
大阪府　30歳　介護ヘルパー

「息子たち」へ

二人《ふたり》とも、忘《わす》れないでね。
兄弟《きょうだい》ゲンカで
「おまえの母《かあ》さん、でべそ」って
言《い》ったこと。

秀作
日本郵便株式会社
北陸支社長賞

末永 逸
鹿児島県 51歳 会社員

「母」へ

片親《かたおや》の辛《つら》さに泣《な》いた夜《よる》、
一緒《いっしょ》に流《なが》した涙《なみだ》は忘《わす》れません。
立派《りっぱ》になってみせます。

進学のことでもめています。

秀作
日本郵便株式会社
北陸支社長賞
森　渚
富山県　17歳　高校2年

「おばあちゃん」へ

古巣《ふるす》をわすれないで
今年《ことし》もつばめが来《き》ましたよ、
だから洗濯物《せんたくもの》そーっと干《ほ》してます。

おばあちゃんも3月末から7月末迄洗濯物いつもそっと干してました。

秀作
日本郵便株式会社
北陸支社長賞
井上　美津江
福岡県　69歳　主婦

「娘」へ

退院《たいいん》の日《ひ》

「ひな人形飾《にんぎょうかざ》ったよ。」

貴女《あなた》の言葉《ことば》に、

生《い》きる事《こと》を忘《わす》れてた自分《じぶん》にハッとした。

秀作
日本郵便株式会社
北陸支社長賞

佐藤　ヨキ子
千葉県　70歳　主婦

「だんな様」へ

わすれないでよ。
そのアルバムの美人《びじん》、
昔《むかし》のアタシよっ!!

あの頃は　みんな若かった…

住友賞
永池　千鶴子
福井県　42歳　会社員

「お父ちゃん」へ

弁当箱《べんとうばこ》にバナナ一本《いっぽん》はまだ許《ゆる》す。
朝残《あさのこ》したトースト入《い》れるか？
わすれられへんわ。

住友賞
高橋　尚美
神奈川県　53歳　主婦

母が妹の出産で入院中に、父が作ってくれたお弁当の話です。

「天国のあなた」へ

最初《さいしょ》のキスはあなたから。
最期《さいご》のキスは私《わたし》から。
冷《つめ》たくなったくちびるを今《いま》も覚《おぼ》えてます

住友賞
梅村 和子
三重県 58歳 主婦

〝お前でよかった〟と言って息をひきとった主人、
二年たった今もあの日の光景がよみがえってきて 忘れられません。

「お母さん」へ

挙式前夜《きょしきぜんや》に手渡《てわた》された古《ふる》びた通帳《つうちょう》の束《たば》。
少額入金《しょうがくにゅうきん》の印字《いんじ》が連《つら》なる年数《ねんすう》と重《おも》み。
忘《わす》れないよ

どの通帳のページも¥500か¥1000の印字しかない。何年も、何年も。
あんなに心揺さぶられたのは初めてでした。あの日、本当の意味でありがたみを知りました。

住友賞
永島　志保
埼玉県　33歳　事務職

「そうたろうくん」へ

「じいじ、ぼくより長生《ながい》きしてネ。」
うれしかったよ。
むりだと思《おも》うけどわすれないよ。

夏休みに一人でいなかに遊びに来た孫（二年生）との会話。じいじ、涙が止りませんでした。

住友賞
坂元　元八
熊本県　65歳

「2年生のぼく」へ

くろうしておぼえた九九《くく》や漢字《かんじ》。
わすれるなよ。
やく立《だ》つ時《とき》がくるんだってさ。

住友賞
出倉　靖彬
福井県　8歳　小学校3年

「おばあちゃん」へ

はやくあそびにこないと
かなめはちいさいから
おばあちゃんのかおわすれちゃうよ。

住友賞
森田　あたり
神奈川県　5歳　幼稚園

5才の娘は、いつも手作りおもちゃを持ってきて一緒に遊んでくれるおばあちゃんが大好きです。

「弟」へ

俺《おれ》の身長《しんちょう》をこえた時《とき》の
お前《まえ》の態度《たいど》はでかすぎて
忘《わす》れられない。

住友賞
関谷 優汰
長野県 16歳 高校2年

「お父さん」へ

病床《びょうしょう》のお母《かあ》さんを
何度《なんど》もお姫様《ひめさま》抱《だ》っこする姿《すがた》、わすれない。
家《いえ》で看取《みと》って良《よ》かったよね。

住友賞
清水　なつき
愛知県　主婦

がん末期の母を、悲しい中にも力強く介護する姿に、本当の愛をみた気がしました。

「子供達」へ

あなたの産声《うぶごえ》が聞《きこ》えた時《とき》、
この感動《かんどう》を忘《わす》れない…と思《おも》ったけど、
時々《ときどき》頭《あたま》からふっとぶよ。

住友賞
宇野 裕子
福井県 41歳 会社員

3児の母親です。子供達はかけがえのない宝物。でも、時々無性に腹が立ちます。

「ばあちゃん」へ

あやとりたのしいね。
ばあちゃんがわすれても、
ほうきやつりばしわたしがおぼえとく。

住友賞
あち　しずく
徳島県　6歳　保育所年長組

「あなた」へ

幸《しあわ》せには出来《でき》ないかもとプロポーズ。
そんなあなたを忘《わす》れない。
見《み》てよ私《わたし》を。幸《しあわ》せ太《ぶと》り。

住友賞
竹村 悦子
高知県 65歳 主婦

「未練だらだらの自分」へ

彼女《かのじょ》が嫁《よめ》に行《い》き子供《こども》も出来《でき》て、
もう何年《なんねん》も経《た》つのに、
まだ忘《わす》れられんのか？
怖《こわ》いのぉ。

住友賞
金替 繁一
福井県 54歳

「お父さん」へ

お兄《にい》ちゃんの結婚式《けっこんしき》。
私《わたし》にブーケを取《と》らせない必死《ひっし》な姿《すがた》忘《わす》れない。
まだ安心《あんしん》していいよ。

住友賞
遠藤　玲奈
福島県　18歳　高校3年

私の兄の結婚式でのブーケトスで私も参加したが、父が必死に「取るな」とあせった姿を見て思いついた。私は取ったとしても「まだまだ早いから心配しなくても大丈夫だよ」という意味。

「母さん」へ

「子供《こども》はほめて育《そだ》てなさい」と
今《いま》もわすれない母《かあ》さんの話《はなし》、
いつも怒《おこ》った後《あと》で思《おも》い出《だ》すの

つい怒ってしまう私に、母がいつも呪文の様にくり返してた言葉。

住友賞
青山　由紀
千葉県　40歳

「おばあちゃん」へ

「いろんなこと忘《わす》れちゃったよ」って、
おじいちゃんの写真《しゃしん》撫《な》でてたね
すてきだよ

どんなにいろんなことを忘れてしまっても、おじいちゃんのことを愛したことは忘れていない。
撫でてた姿に感動してしまいました。

住友賞
舟橋　優香
茨城県　19歳　大学2年

「母」へ

「どんな道《みち》を選《えら》んでも、応援《おうえん》するから」

嬉《うれ》しくて忘《わす》れない貴方《あなた》の一言《ひとこと》。

今度《こんど》は私《わたし》が娘《むすめ》へ。

住友賞
宗正　いぶき
山口県　29歳　主婦

人生で迷う時、必ず見守ってくれていた母。そっと一言、かけてくれた言葉に勇気づけられました。

今は、同じ言葉を、産まれた我が子にかけています。

「二十一才で逝った娘」へ

「お父《とう》さん千円頂《せんえんちょう》だい」
思《おも》い出《だ》すのは何時《いつ》もこの時《とき》の顔《かお》だよ、
いゝね歳《とし》を取《と》らなくてお前《まえ》は、

住友賞
藤田 憲治
福井県 76歳

長女が二十八年前、二十一才で交通事故で亡くなりました。

「母」へ

最近忘《さいきんわす》れっぽくなったくせに、
自分《じぶん》の誕生日《たんじょうび》だけは忘《わす》れないんだな。
長生《ながい》きしろよ。

住友賞
長谷川 誠
鳥取県 30歳 パート

「父ちゃん」へ

停電《ていでん》の夜《よる》、俺《おれ》は大丈夫《だいじょうぶ》だ。
毎日《まいにち》が停電《ていでん》だからと
何事《いつ》も明《あか》るく愉《ゆ》快《かい》な全盲《ぜんもう》の父《ちち》をわすれない

全盲の父が　何があろうと普通の人よりも前向きな言葉で明るく楽しませてくれました。

住友賞
林　ひとみ
鹿児島県　57歳

「お母さん」へ

「何《なに》買《か》うか、忘《わす》れんといてや。」
って言《い》うけど、
私《わたし》を連《つ》れいくのを忘《わす》れてるよ。

坂井青年会議所賞
多田　こころ
福井県　10歳　小学校5年

「ぼく」へ

忘《わす》れてしまいたい事《こと》って
なんで忘《わす》れられないんだろう。
前《まえ》にむかってすすめオレ。

坂井青年会議所賞
大島　悠史
福井県　11歳　小学校5年

「お母さん」へ

「さくらーがんばれー。」
わすれないよ。
たくさんの声《こえ》の中《なか》から聞《き》こえた
お母《かあ》さんの声《こえ》。

坂井青年会議所賞
松川　さくら
福井県　10歳　小学校4年

「自分」へ

あの時《とき》、自《じ》てん車《しゃ》にのれた
うれしい気《き》もちわすれない。
次《つぎ》は、さか上《あ》がりをがんばる。

坂井青年会議所賞
くま谷　ゆみ
福井県　8歳　小学校3年

「十年後のわたし」へ

おけしょうってドキドキするね。
ちょっとかわいくなった
自分《じぶん》の顔《かお》わすれられないの。

坂井青年会議所賞
木田　遥
福井県　8歳　小学校3年

佳作

「常呂川」へ

玉《たま》ねぎ畑《ばたけ》をこえていって初《はじ》めてした川釣《かわづ》り。忘《わす》れない。お母《かあ》さん、その季節魚《きせつさかな》いないよ。

江岸 将希
北海道 17歳 高校3年

私の地元には常呂川という川があり、子供のころにそこへお母さんに連れていってもらいました。そこへ行くには自分の家の玉ねぎ畑を通って行きました。魚はいない時期でしたがすごく楽しい思い出です。

「亡き妻」へ

ママの遺《のこ》した
「お料理《りょうり》ノート」は生《い》きてます。
玉葱《たまねぎ》むけば、インクの文字《もじ》が滲《にじ》んじゃう。

中尾　則幸
北海道　66歳　自営業

「亡き父」へ

「泣《な》きたいのは俺《おれ》の方《ほう》だ！」

あの一言《ひとこと》が今《いま》も忘《わす》れられません。

父《とう》さんごめん。

矢吹 龍裕
北海道 61歳 教師

「親友」へ

体育祭《たいいくさい》の時《とき》一緒《いっしょ》に走《はし》ろうって決《き》めたのに
先《さき》に走《はし》っていったよね。
私《わたし》は今《いま》でも忘《わす》れません。

山本 華那
北海道 15歳 高校1年

体育祭の時に親友と一緒に走る約束をしていたのですが、いざ本番となると先に走って行ってしまいました。その時は悲しかったけど、今では良い思い出です。

「妻」へ

「パパ」ではなく、
「男《おとこ》」として見《み》てくれていた頃《ころ》のことも
忘《わす》れないでいて欲《ほ》しいな。

牛田　真介
青森県　35歳　会社員

「愛するダンナ様」へ

忘《わす》れないよ。
私《わたし》を見《み》つけた時《とき》、貴方《あなた》が泣《な》いた事《こと》。
バカヤローって言《い》いながら流《なが》した涙《なみだ》を。

あの大震災の時、行方不明だった私を捜して見つけてくれた時の夫の様子です。
一生忘れない出来事だと思います。

上山　明美
岩手県　54歳

「命を助けてくれた男性」へ

私《わたし》はあの日《ひ》を忘《わす》れない。
あの時《とき》、あの人《ひと》が助《たす》けてくれなければ
この場所《ばしょ》にいないことを。

阿部　華林
宮城県　14歳　中学校2年

私の書いた手紙は東日本大震災のことです。私は震災の時、港近くにいて車ごと流されて近くにいた男の人に車の窓から手をひっぱってもらい、その人に命を助けてもらった。

「生意気な息子たち」へ

バカ息子《むすこ》ども！
かわいい天使《てんし》の頃《ころ》をわすれられないから、
メシ食《く》わせてやってんだぞ！

佐藤　浩也
宮城県　49歳　公務員

「避難所で隣にいた老夫婦」へ

避難所《ひなんじょ》でお二人《ふたり》に
毛布《もうふ》を渡《わた》さなかった自分《じぶん》のズルさを、
忘《わす》れずに生《い》きていきます。

毛布の無い人へ渡せなかった悔いが、被災者支援、子ども支援をする今につながっています。
格好良いことばかり言っていた自分との決別となりました。

佐藤　眞司
宮城県　46歳

「丸岡町の友」へ

丸岡《まるおか》から仙台《せんだい》に移《うつ》り早《はや》三年《さんねん》。
大震災《だいしんさい》にも耐《た》え今一息《いまひといき》！
忘《わす》れないよ、お城《しろ》とおろしそば！

澤島 一
宮城県 62歳 会社員

二〇一〇年十月に仙台へ引越しました。
大震災時福井の仲間から見舞いのメール頂き大感激しました。

「町のヒーロー」へ

悲《かな》しみに沈《しず》んでいた町《まち》を
救《すく》って頂《いただ》き有《あ》り難《がと》うございます。
緑《みどり》の迷彩服《めいさいふく》を僕《ぼく》は忘《わす》れません。

須田　隼平
宮城県　13歳　中学校2年

「郵便屋さん」へ

一刻《いっこく》も早《はや》く届《とど》けたい手紙《てがみ》、
切手《きって》無《な》く硬貨《こうか》貼《は》り無事《ぶじ》届《とど》く。
あの時《とき》の郵便屋《ゆうびんや》さんわすれない。

中道　文雄
秋田県　65歳

「亡き父」へ

死《し》んだ兄貴《あにき》のチョッキ着《き》て、
農作業《のうさぎょう》をしてた父《とう》ちゃんの背中《せなか》、
泣《な》いてた。一生《いっしょう》忘《わす》れない。

齋藤　恵美
山形県　40歳　主婦

「東日本大震災」へ

あの恐怖《きょうふ》は忘《わす》れない。
しかし　その恐怖《きょうふ》に打《う》ち勝《か》った
家族《かぞく》の絆《きずな》は絶対《ぜったい》に忘《わす》れない。

髙橋　雄人
福島県　15歳　中学校3年

「おばあちゃん」へ

もうすぐ天国《てんごく》へ旅立《たびだ》つ時《とき》、
私《わたし》の手《て》をぎゅっと握《にぎ》ってくれたよね。
その力強《ちからづよ》さを忘《わす》れない。

三浦　梨奈
福島県　17歳　高校3年

「雲上の父上様」へ

「親孝行《おやこうこう》」というお忘《わす》れ物《もの》がございます。
いつか必《かなら》ずお届《とど》けに上《あ》がります。

鈴木 裕美
栃木県 48歳 主婦

「女房」へ

熱《あつ》い想《おも》い出《で》を失念《しつねん》するこの頃《ごろ》。
忘《わす》れないうちに書《か》いておく。
君《きみ》と出会《であ》えて幸《しあわ》せでした。

野尻 敏夫
栃木県 77歳

認知症？ だったら怖いなあ……。

「ひいばあちゃん」へ

空襲時《くうしゅうじ》、
赤《あか》ん坊《ぼう》を背《せ》に必死《ひっし》で逃《に》げた話《はなし》は忘《わす》れない。
お蔭《かげ》で私達《わたしたち》の今《いま》がある。長生《ながい》きして！

塚田　みゆ
群馬県　12歳　中学校1年

ひいおばあちゃんは八月五日になると前橋空襲の話をしてくれます。
長生きしてほしいです。（90才）

「天国のあなた」へ

作業着《さぎょうぎ》の貴方《あなた》が胸《むね》を張《は》って言《い》った言葉《ことば》
「オレは地球《ちきゅう》の彫刻家《ちょうこくか》だ」
私《わたし》はずっと忘《わす》れませんよ

星　瑛子
群馬県

「還らぬ貴方」へ

赤児《あかご》を頼《たの》むと言《い》い残《のこ》して
出征《しゅっせい》した貴方《あなた》の最後《さいご》の姿《すがた》は忘《わす》れない。
あの子《こ》も孫《まご》に恵《めぐ》まれたよ。

三川　勝子
群馬県　90歳

「五歳の娘」へ

「パパと結婚《けっこん》する！」。
忘《わす》れないように録音《ろくおん》したし、
手帳《てちょう》にも書《か》き残《のこ》したからな！

山口 洋介
群馬県 33歳 公務員

「お父さん」へ

遊《あそ》び疲《つか》れた帰《かえ》り。
おんぶしてと言《い》えなくて。
寝《ね》たふりした。
お父《とう》さんの背中《せなか》わすれない。

子供の頃に遊びに連れていってもらった帰りの電車を降りるとき、いつも寝たふりをしておんぶして帰ったことが思い出される。今は小さくなった父の背中。

池田 裕子
埼玉県 51歳 会社員

「たゞ一人の兄さん」へ

両親《りょうしん》が殺害《さつがい》されたあの日《ひ》
震《ふる》える私《わたし》の手《て》を十七歳《じゅうななさい》の兄《にい》さんが
握《にぎ》りしめた手《て》の強《つよ》さわすれない

佐藤 咲子
埼玉県 64歳 主婦

兄17才、私15才で犯罪被害者遺児となった日のこと。養育義務者無き孤児でした。

「今後の自分」へ

忘《わす》れないで、
バスケを始《はじ》めた理由《りゆう》を。
趣味《しゅみ》じゃなく、
ダイエットのために始《はじ》めたことを。

自分が今は大好きなバスケは、当時プールを習っていましたがサボリはじめていました。
なので肥満で採血するほどでした。なので、油断をするとまた太ってしまうと思うからです。

原田 千嘉
埼玉県 13歳 中学校2年

「ようちえんのお友だち」へ

日本《にほん》の友《とも》だちができたようちえん。
ここで友《とも》だちとした日本《にほん》のあそび
日本語《にほんご》わすれない。

モーゼル・ジュリアン雄偉
埼玉県　7歳　小学校2年

「おやじ」へ

普段寡黙《ふだんかもく》な親父《おやじ》が
就活面接試験《しゅうかつめんせつしけん》の時《とき》に送《おく》ってくれた
「がんばれ」のメール。
忘《わす》れないよ。

親父が送ってくれたメールには「がんばれ」の一言だけ書いてありました。
親父の温かさを感じるメールでした。

川村 広和
千葉県 25歳

「亡き夫」へ

富士山《ふじさん》が世界遺産《せかいいさん》になりました。
定年退職《ていねんたいしょく》真近《まぢか》の富士登山《ふじとざん》、
素晴《すば》らしい思《おも》い出忘《でわす》れません。

亡くなった夫へ、富士山が世界遺産になった報告と定年真近、夫婦で富士登山したすばらしい思い出作りをしてくれた夫への感謝！

大隈 裕子
東京都 76歳

「妻」へ

夜《よる》遅《おそ》く帰《かえ》った俺《おれ》
食卓《しょくたく》に料理《りょうり》が並《なら》び
お前《まえ》がしょんぼり座《すわ》っていた
以来《いらい》結婚《けっこん》記念日《きねんび》は忘《わす》れない

小松　武治
東京都　77歳

「お母さん」へ

いつもお弁当《べんとう》ありがとう。
私《わたし》の好物《こうぶつ》と一緒《いっしょ》に、
お箸《はし》を入《い》れるのもわすれないでほしいなあ

住吉 音々
東京都 17歳 高校3年

「息子」へ

顔《かお》にあたる初《はじ》めての雨《あめ》、
不思議《ふしぎ》そうに見上《みあ》げていた
幼《おさな》い君《きみ》を忘《わす》れないよ。

戸田 純子
東京都 42歳 会社員

そんな息子も中学生。世の常識に慣れてきた頃ですが、世界を新鮮な目で見続けてほしいものです。

「もうすぐ珊瑚婚式（35年目）の夫」へ

忘《わす》れないで、愛《いと》しいあたしがいること。
ひとりで年《とし》とっている場合《ばあい》じゃないわよ。

山口 としこ
東京都 58歳 主婦

「自分」へ

忘《わす》れるものか。
神様《かみさま》が忘《わす》れなさいと言《い》ったって。
幾万《いくまん》の幸《しあわ》せが海《うみ》にのまれた日《ひ》のことを。

米田　友祐
東京都　30歳　アルバイト

「ダイエットに成功したときの体重」へ

あの日《ひ》、
デジタル体重計《たいじゅうけい》に現《あらわ》れた
あなたをわすれません。
もう一度《いちど》姿《すがた》を見《み》せてください。

魯　螢螢
東京都　27歳　大学生

痩せたいです。切に（泣）。

「思い出の品々」へ

断捨離《だんしゃり》ブームに乗《の》って
捨《す》ててしまった思《おも》い出《で》の品々《しなじな》。
ごめんね、ずっと忘《わす》れないからね。

一星 裕子
神奈川県 51歳

「わたし」へ

一度《いちど》でいい。
伴侶《はんりょ》の松葉杖《まつばづえ》を置《お》き忘《わす》れたいな。
夢《ゆめ》でいい。
運動場《うんどうじょう》を走《はし》ってみたいな。

植田　旭彦
神奈川県

「2013年のカブト虫」へ

えん日《にち》で出会《であ》って、
毎日《まいにち》話《はな》して、毎日見《まいにちみ》つめ合《あ》って。
楽《たの》しい夏《なつ》の思《おも》い出《で》
君《きみ》もわすれないで

虫メガネを買って観察して、絵日記をつけたり、話しかけたり、毎日とても楽しそうでした。
虫とはいえ、お別れの時はとても悲しかった様です。良い想い出となった様です。

黒澤　優太
神奈川県　8歳　小学校2年

「きのこ」へ

きのこを食《た》べた時《とき》
これはもう食《た》べれないと思《おも》った。
あの味《あじ》は忘《わす》れない。
いつか克服《こくふく》するよ

榊　あかね
神奈川県　17歳　高校2年

「幼稚園の頃の先生」へ

わすれない、
幼稚園《ようちえん》の頃《ころ》かくれんぼで、忘《わす》れられ、
ようやく見《み》つかり何故《なぜ》か怒《おこ》られた事《こと》。

手島 潤
神奈川県 14歳 中学校2年

「ダーリン」へ

君《きみ》が緊張《きんちょう》して
なかなか告白《こくはく》できなかったが故《ゆえ》に
記念日《きねんび》の夜《よる》補導《ほどう》されたことは忘《わす》れないよ。

山梨　真紀子
神奈川県　17歳　高校3年

今付き合っている彼と初めて一緒に出かけた帰り道に告白された日のことです。
遅くなって急いで帰ろうとしていた途中おまわりさんに声をかけられました。
その日は嬉しさと反省する気持ちが入り混じって忘れられない日になりました。

「ヘルパーさん」へ

一番大変《いちばんたいへん》で一番幸《いちばんしあわ》せだった時代《じだい》へ
祖母《そぼ》は旅《たび》に出《で》ます。
認知症《にんちしょう》というタイムマシーンで。

伊藤　千恵
長野県　39歳　公務員

「天国のお父様」へ

お母様《かあさま》をそちらへお送《おく》りし朝《あさ》、
私《わたし》は不思議《ふしぎ》に充《み》たされていました。
忘《わす》れられません。

悲しいはずなのに…。

北原 包子
長野県 62歳 予備校非常勤講師

「独身の息子」へ

疲《つか》れたら、帰《かえ》っておいで。
部屋《へや》ありご飯《はん》あり、母《はは》います。
忘《わす》れないで。

北原　包子
長野県　62歳　予備校非常勤講師

「お父さん」へ

朝《あさ》、天気《てんき》が悪《わる》いと何《なに》も言《い》わずに
車《くるま》の中《なか》で待《ま》ってくれていること忘《わす》れないよ。

浦田　茜
富山県　17歳　高校3年

「トマト好きのふうちゃん」へ

わすれません。
食《た》べてないよ、と言《い》ったほっぺが、
プチトマトでふくれていたことを。

水野　恵美子
富山県　42歳　パート

「じいじ」へ

使《つか》わないよ。病院《びょういん》でくれたおこづかい。
忘《わす》れないよ。じいじのこと。
十年間《じゅうねんかん》ありがとう。

亡くなる一週間前にじいじがふるえる手で千円札を三枚くれました。
初孫の私をいつもかわいがってくれました。

井上　郁乃
石川県　10歳　小学校5年

「天国の主人」へ

貴方《あなた》と誓《ちか》った永遠《とわ》の愛《あい》、
忘《わす》れられない、忘《わす》れない。
来世《らいせ》もきっと、一緒《いっしょ》に暮《くら》しましょうネ!!

中田 和子
石川県 78歳

遺影に向って毎日呼びかけている言葉です。
天国への便りにもなってほしい!!と書きました。

「昔の鬼軍曹」へ

初年兵《しょねんへい》の頃《ころ》 殴《なぐ》られたのは忘《わす》れた。
でも、戦場《せんじょう》で命《いのち》を助《たす》けられた事《こと》はわすれない。

西森 茂夫
石川県 89歳

激流のような時代でした。きびしい日々でしたが、今は懐しい。

「おかあさん」へ

やばい。またわすれちった。
おりがみがずぼんのぽけっとに
いれっぱなしだ。

ずぼんのなかになにかはいってると、せんたくをやりなおしてるね。
ちゅういしてるのに、よくわすれてしまってごめんなさい。

五十嵐　菜夏
福井県　7歳　小学校1年

「おかあさん」へ

おかあさんにおこられたことを
わすれないよ。
しんぱいしてくれたからって
しってるよ。

池田　唯菜
福井県　7歳　小学校2年

「大すきなママ」へ

ママの顔《かお》からあせがぽたっとおちたね。
いっしょにがんばってくれたこと
わすれないよ。

せき上きごうで、がんばって字を書いている時、ママからあせが一つぶおちました。
いっしょにがんばってくれているのがわかって、わたしももっともっとがんばれました。
ありがとう。

伊佐田　真礼
福井県　9歳　小学校3年

「まま」へ

ままが「わすれんといて」って
いってたこと、わすれちゃった。
おもいだすでまってね。

上田　夏寧
福井県　7歳　小学校1年

「小さな支援者」へ

募金箱《ぼきんばこ》とお金《かね》を見比《みくら》べ
お金《かね》を募金箱《ぼきんばこ》の中《なか》に入《い》れた。
お菓子《かし》を買《か》わず帰《かえ》った子《こ》をわすれない

小さい子どもがお菓子を持ってレジに並んでいたが自分の番に近づいてきた時、お菓子と募金箱を見くらべていた。そして自分のもっていたお金を募金箱に入れ、お菓子をたなに戻して帰っていった。

加藤　聖菜
福井県　17歳　高校3年

「さばえのおじいちゃん」へ

さいきんわらわなくなったねおじいちゃん。
はっはっはとわらいがおはわすれないよ。

木村　小雪
福井県　8歳　小学校3年

長く入院している祖父。見舞いに行くたび少なくなる笑顔にさみしさを感じているようです。言葉で表すと同時に笑顔もずっと覚えていてほしいと思います。

「ママ」へ

ぼくが　生《う》まれた時《とき》を思《おも》い出《だ》して。
腹《はら》がたったら、思《おも》いだして（笑《わらい》）
おこれないでしょ。

久保　誠哉
福井県　11歳　小学校6年

「お母さん」へ

お母《かあ》さん、いつもけしょうをわすれない。したらかわるなぁ。

さいとう　る央
福井県　8歳　小学校3年

「お母さん」へ

妹《いもうと》が生《う》まれた日《ひ》はわすれない。
ぼくは弟《おとうと》が生《う》まれてほしかったのに。

坂口 健一郎
福井県 11歳 小学校6年

「母」へ

風《かぜ》がゆらす鈴《すず》の音《ね》にも
逢《あ》いに来《き》てくれたと思《おも》ってしまう。
忘《わす》れないよ。大好《だいす》きだから。

佐藤 真実
福井県 45歳 主婦

「パパ」へ

パパが教《おし》えてくれたちょうちょむすび
わすれてないよ。
今《いま》は、ママよりうまいんだから。

杉本　茅幸
福井県　8歳　小学校3年

「妻」へ

忘《わす》れるわけないよ。
四月二十六日《しがつにじゅうろくにち》。
なのに、なぜだか、
今年《ことし》も過《す》ぎてしまって。ごめん。

結婚記念日です。

高嶋 宏之
福井県 53歳 会社員

「母」へ

父《ちち》が病気《びょうき》だった時《とき》
私達《わたしたち》の前《まえ》では元気《げんき》でいても
トイレの中《なか》で泣《な》いていたことは
わすれないよ

多田 幸浩
福井県 17歳 高校3年

「父、母」へ

忘《わす》れました。
亡《な》くなってから六年《ろくねん》と三十年《さんじゅうねん》と。
父《ちち》、母《はは》のこと、もうとっくに忘《わす》れました。

辻川　定男
福井県　61歳

「妻」へ

十八年間《じゅうはちねんかん》で、一度《いちど》だけ、
お前《まえ》に手《て》を上《あ》げたこと、忘《わす》れません。
でも原因《げんいん》は忘《わす》れちゃった。

都筑　昌哉
福井県　48歳　医師

「亡き妻」へ

忘《わす》れない。君《きみ》の最後《さいご》の愛《あい》

「危《あぶ》ないから自転車《じてんしゃ》に乗《の》らないで。」

数時間後臨終《すうじかんごりんじゅう》告《つ》げる医師《いし》の声《こえ》

中村 達夫
福井県 90歳

「おとうさん」へ

いってらっしゃい。
出ちょう《しゅっ》気《き》をつけてね。
それから、わすれないで、
ぼくのおみやげ。

中出　こうき
福井県　8歳　小学校2年

「天国の夫」へ

あの最後《さいご》の夜《よる》、
貴方《あなた》の唇《くちびる》がありがとうと動《うご》いたのを
私《わたし》わすれない。今少《いますこ》しだけ待《ま》ってね。

夫は亡くなる三年程前から入退院をくりかえし最後は自宅で
最初で最後のありがとうを云ってくれました。がんでした。

西尾 康予
福井県 75歳

「妻」へ

君《きみ》の手作《てづく》り弁当《べんとう》はわすれない。
新婚初日《しんこんしょにち》の三色《さんしょく》ご飯《はん》は
職場《しょくば》の皆《みな》に見《み》せびらかしたんだぜ。

西川 和浩
福井県 51歳 団体職員

「雅美君」へ

月《つき》四百円《よんひゃくえん》の小遣《こづか》いで
小二《しょうに》の母《はは》の日《ひ》に貰《もら》った赤《あか》いお財布《さいふ》、
少《すこ》し照《て》れた貴方《あなた》の顔《かお》忘《わす》れないよ。

小学二年の長男に初めてもらったプレゼント二ヶ月半も使わずに貯めた財布のお金。
今でも私の宝物です。

乗京　千栄子
福井県　65歳

「通りがかりの知らないお兄さん」へ

弟《おとうと》と水鉄砲《みずでっぽう》、ぼくは死《し》んだフリ。
知《し》らないお兄《にい》さんが助《たす》けに来《き》た。
その優《やさ》しさ忘《わす》れない。

長谷川　祐斗
福井県　11歳　小学校5年

水鉄砲にうたれ、死んだフリをしていたら、その時たまたま通りかかった知らないお兄さんが、ぼくが本当にたおれているのかと思って「大丈夫か？」と声をかけに来てくれました。

「天国の妻」へ

もうすぐ孫《まご》が生《う》まれる。
君《きみ》の分《ぶん》まで抱《だ》きしめるから、
迎《むか》えの日《ひ》の変更《へんこう》を忘《わす》れないで。

堀田 栄
福井県 65歳

妻が亡くなってから孫が授かった。

貴方《あなた》は鴉《からす》に生《う》まれたのではないですか
鴉《からす》の女房《にょうぼう》と家《いえ》のたんぼへ
毎日《まいにち》来《く》るのです　私《わたし》を忘《わす》れずに

増田　文子
福井県　90歳　農業

私は九十才　夫の逝く後一生懸命に夫の分まで働いて来ました。

「大切な自然」へ

毎日《まいにち》とても暑《あつ》い。
地球《ちきゅう》がおこっている。
電気《でんき》を消《け》す事《こと》忘《わす》れない。
自然《しぜん》を大切《たいせつ》にするよ。

枡屋　勇紀
福井県　11歳　小学校5年

「おふくろ」へ

父《ちち》の厳罰《げんばつ》晩飯《ばんめし》抜《ぬ》きに、
内緒《ないしょ》でくれた握《にぎ》り飯《めし》、
布団《ふとん》被《かぶ》って食《た》べた愛《あい》の味《あじ》
今《いま》もわすれられない

松本 喜太郎
福井県 84歳 自営業

「ねこのみいちゃん」へ

みいちゃん、二十五年《にじゅうごねん》生《い》きてすごいね。
次《つぎ》は人間《にんげん》に生《う》まれておいで、わすれないよ。

湊 桜子
福井県 10歳 小学校4年

「お母さん」へ

忘《わす》れんよ、
最後《さいご》の最後《さいご》までバイバイしてくれた
お母《かあ》さんの顔《かお》。
だって、泣《な》いてたやろ？

親の離婚が決まった時、父の方について行く事になり、
バスが出発するギリギリまで見送ってくれた母の事です。

宮前 結友
福井県 16歳 高校2年

「お父さんお母さん」へ

言《い》っとくけど、
この前買《まえか》ってもらったスパイクは、
誕生日《たんじょうび》プレゼントじゃないからね。

宮本 一平
福井県 12歳 小学校6年

「ママ」へ

習《なら》った漢字《かんじ》をわすれたらダメと言《い》うけど、
ママはいつもおしょうゆ買《か》うのわすれるね。

山岸　愛実
福井県　8歳　小学校3年

「おかあさん」へ

「わすれない」って、
手《て》にマジックで大《おお》きく書《か》いたけど、
何《なに》買《か》うんだったっけ？

山下　茉竜
福井県　8歳　小学校3年

「おかあさん」へ

おかあさん、もうすぐたん生日《じょうび》だね。
25歳《さい》だよね。
ぼく、おかあさんの歳《とし》わすれてないよ

吉村　晃祐
福井県　7歳　小学校1年

現在42歳の私ですが一度24歳だよと教えたら、本当に24歳だと信じてくれています。

だから誕生日がきたら25歳だねと言ってくれました。

「妹」へ

妹《いもうと》が生《う》まれた日《ひ》。
うれしかったのに、やきもちやいた。
なんでかな？　でもわすれない日《ひ》。

吉本　みひろ
福井県　11歳　小学校5年

「幼稚園の頃の弟」へ

私《わたし》が一筆啓上《いっぴつけいじょう》の賞《しょう》に入《はい》り、折《お》りたたみ自転車《じてんしゃ》をもらった直後《ちょくご》ベルを壊《こわ》した君《きみ》を忘《わす》れません

渡辺　紗生
福井県　16歳　高校1年

「天国の母」へ

カンテラの明《あか》りで、
セーラー服《ふく》を縫《ぬ》ってくれた母《はは》
終戦《しゅうせん》の翌年《よくとし》、忘《わす》れる事《こと》の出来《でき》ない想《おも》い出《で》

石川 倫子
岐阜県 73歳

川崎市で空襲に会い体の弱い父は、一ヶ月ほどで他界し、母は私と妹をつれて岐阜の実家へ帰り納家（二年間）に住み翌年が私の新一年生で、自分の黒の羽織をほどいて作ってくれました。

歌をうたいいろんな話をして貧しいけれど幸せな時代だった様に思います。

「26年前のある患者さん」へ

8回採血《かいさいけつ》を失敗《しっぱい》しても
怒《おこ》らなかったおじさんの顔《かお》を忘《わす》れません。
今《いま》も看護師《かんごし》です。

加藤 佳子
静岡県 48歳 ナース

「夫」へ

あなたの「忘《わす》れないよ、絶対《ぜったい》」って
「忘《わす》れるよ」っていうことなのね。
忘《わす》れてたわ。

二上 武子
静岡県 75歳

「幼き日に逝きにし父」へ

絶対《ぜったい》に忘《わす》れないって思《おも》ってた。
忘《わす》れるわけがないじゃんか。
なのにその声《こえ》思《おも》ひ出《だ》せなひ。

六歳で父を亡くしたので大きくなるまで父のことを覚えていないのではと周りが心配する度、
私は憤っていました。それがその声を自分が忘れてしまったと気づいた時、
宝物をなくしたようで父に申し訳なく思ったのを覚えています

松下 陽子
静岡県 47歳 主婦

「だんなさま」へ

僕《ぼく》のお姫様《ひめさま》になってくれと
言《い》われて8年《ねん》
忘《わす》れないで頂戴《ちょうだい》
私《わたし》がお姫様《ひめさま》だってこと

松永　恵子
静岡県　36歳　主婦

「いたずらじいじ」へ

甘《あま》いから、と言《い》って吸《す》わされた
タンポポの蜜《みつ》の苦《にが》さとじいじのあの顔《かお》！
絶対《ぜったい》にわすれない

望月　梨央
静岡県　14歳　中学校2年

「祖母を慈しんだ祖父」へ

奥《おく》さんの手《て》が汚《きたな》いのは男《おとこ》の責任《せきにん》。
あなたの教《おし》え、忘《わす》れません。
明日《あす》、妻《つま》を娶《めと》ります。

萩野　恵美
愛知県　29歳　事務員

「天国の父ちゃん」へ

後三年《あとさんねん》で僕《ぼく》もバイクに乗《の》れるよ。
忘《わす》れない。
父《とう》ちゃんの背中《せなか》につかまって走《はし》った時《とき》の風《かぜ》。

松野　佑哉
愛知県　13歳　中学校2年

半年前父を事故で亡くし、夏休みに学校の宿題で出して、送る時書くのが辛くなり、母が（私が）机から見つけて送りました。家のバイクさえ見るのが辛く、親るいにあげたのに彼なりに強く歩いています。
この文が思い出になるにはまだ時間が必要だと思いますが…。（母）

「大好きだったひと」へ

わすれよう　わすれたい…
わすれなければ。
なあんだ　結局《けっきょく》　君《きみ》の事《こと》考《かん》えている

ゆみこ　むらせ
愛知県　64歳

「仕事を教えてくれた上司」へ

経理《けいり》だって数字《すうじ》の先《さき》にある
人間《にんげん》を見《み》られなくちゃ、一人前《いちにんまえ》じゃない。
今《いま》だに修行中《しゅぎょうちゅう》です。

今春亡くなった元上司に入社時にいわれた言葉。
仕事の基本でわすれてはいけないと思っている。

浜口 恵
三重県 45歳 会社員

「生き別れた弟」へ

彼方《あなた》のことを一時《ひととき》も忘《わす》れたことはない。
本当《ほんとう》に僕《ぼく》にそっくりで
今《いま》すぐにでも会《あ》いたい。

山本　凌司
三重県　15歳　中学校3年

両親が小学校低学年の時に離婚し、弟は母の所に僕は父の所へとそれぞれ離れていきました。

「娘」へ

八才《はっさい》の貴女《あなた》がくれた
「ママの心《こころ》は美《うつく》しいから賞《しょう》します」
の広告《こうこく》の裏《うら》の表彰状《ひょうしょうじょう》忘《わす》れません。

田澤 智香子
滋賀県 67歳 主婦

姑の看病に往復二時間かけて通っていた時、
たまたま二才上の長男が頂いてきた表彰状を見て、 真似して書いて渡してくれました。

「夫」へ

二人《ふたり》だけの約束《やくそく》、
「一生《いっしょう》忘《わす》れへん。」って言《い》うたこと、
忘《わす》れてるやん。

田中 和子
滋賀県 54歳 主婦

「イケメン君」へ

「チューするのわすれてた」
と言《い》ってくれる4歳《さい》の愛息《あいそく》。
今《いま》の気持《きも》ちをわすれないでね。

いつか、顔もあわせてくれない日が来るかと思うと、一日一日が大切な絆をつなぐ日々です。

齊藤　優子
京都府　38歳　会社員

「ひいおばあちゃん」へ

あの頃《ころ》は怖《こわ》かった、
細《ほそ》くてしわくちゃな手《て》。
今《いま》でも忘《わす》れない、
出来《でき》なかった最後《さいご》の握手《あくしゅ》。

石橋　優花
大阪府　17歳　高校2年

「ルームメイト、ライアン」へ

「相棒《あいぼう》」

僕《ぼく》が君《きみ》に最初《さいしょ》に教《おし》えた日本語《にほんご》。

忘《わす》れないように何《なん》ども口《くち》ずさんでたっけ！

相棒《あいぼう》！

伊藤 健太
大阪府 21歳 大学4年

「おじいちゃん」へ

棺《ひつぎ》に入《い》れた甘夏《あまなつ》のにおいが、
今《いま》でも手《て》に残《のこ》ってる。
忘《わす》れないよ、おじいちゃんのこと。

大谷 日向子
大阪府 17歳 高校2年

「つばさ」へ

一万回《いちまんかい》謝《あやま》ったら許《ゆる》すと言《い》ったら、
四百回《よんひゃっかい》まで挑戦《ちょうせん》した三年生《さんねんせい》の君《きみ》。
素直《すなお》な心《こころ》忘《わす》れないで。

木村　揚子
大阪府

「元恋人」へ

「私《わたし》のことはもう忘《わす》れて…」
その最後《さいご》の一言《ひとこと》が逆《ぎゃく》に四十年間《よんじゅうねんかん》、
君《きみ》を忘《わす》れさせません。

楠畑　正史
大阪府　69歳

「初恋の人」へ

同《おな》じ名前《なまえ》に出会《であ》うと、
淡《あわ》い期待《きたい》をしてしまいます。
忘《わす》れない名前《なまえ》となりました。

新里 圭
大阪府 30歳 会社員

テーマ「わすれない」最初に思ったのが「初恋」の想い出でした。
初恋の人の名前は、わすれられません。

「パパ」へ

男手一《おとこでひと》つで育《そだ》ててくれた。
必死《ひっし》でお弁当《べんとう》を作《つく》ってくれた。
忘《わす》れないよ。味《あじ》のない玉子焼《たまごや》き

高島　萌子
大阪府　18歳　高校3年

「亡くなったおばあちゃん」へ

ゆびきりした手《て》。
なでてくれた優《やさ》しい手《て》。
かたくなった冷《つめ》たい手《て》。
私《わたし》は全《ぜん》部《ぶ》忘《わす》れません。

髙田　彩加
大阪府　16歳　高校2年

「美浜のじいちゃん」へ

じいちゃんがあみですくった美浜《みはま》の蛍《ほたる》。
かご一杯《いっぱい》に光《ひか》っていた。
忘《わす》れないよ夏《なつ》の思《おも》い出《で》。

船田　麻実
大阪府　43歳　主婦

「村上啓介くん」へ

疲《つか》れた母《はは》に「おんぶしたろ」と、
しゃがんだ君《きみ》は三才《さんさい》。
やさしい心《こころ》絶対《ぜったい》にわすれないよ。

息子が3才の冬　雪の降る中を仕事につれ歩いた日の出来事。
（各家庭を訪問するアンケート収集の仕事でした）

村上　ひろみ
大阪府　64歳　主婦

「お母さん」へ

家出《いえで》して帰《かえ》ってきた冬《ふゆ》のあの日《ひ》。
おかえりの聞《き》こえた部屋《へや》のぬくもりは
わすれないよ。

和田　由希子
大阪府　16歳　高校2年

「結婚する息子」へ

おまえが幼稚園《ようちえん》の時《とき》にくれた
肩《かた》もみ券《けん》が出《で》てきた。
忘《わす》れずに使《つか》わせてもらうよ。

今井　貢二
兵庫県　64歳

小生の誕生日に息子がくれたプレゼントです。

「小学校のときの友達」へ

引《ひ》っ越《こ》し前《まえ》に君《きみ》に貸《か》したあの百円《ひゃくえん》。
忘《わす》れないよ。
それが僕《ぼく》らの再会《さいかい》の証《あかし》だから。

上田 悠人
兵庫県 15歳 高校1年

「お母さん」へ

旅行《りょこう》の日《ひ》、母《はは》は思《おも》い出《で》を残《のこ》すためのビデオを忘《わす》れました。物《もの》で残《のこ》せない　いい思《おも》い出《で》です。

門脇　遼弥
兵庫県　13歳　中学校2年

「天国のお父さん」へ

大好《だいす》きなお酒《さけ》、
毎日《まいにち》忘《わす》れずにお供《そな》えしてるよ。
でも、飲《の》みすぎない様《よう》に量《りょう》は減《へ》らしたよ。

金子　はるか
兵庫県　35歳　主婦

父はお酒が大好きでしたが、亡くなる前、病気で飲めなくなりました。苦痛から解放されて、好きなように飲んでもらいたいですが、やっぱり飲みすぎは嫌なのでそれを伝えたかったです。

「天国の母さん」へ

遅《おそ》いって怒《おこ》ったらアカンで。
母《かあ》さんの事《こと》忘《わす》れられんで
父《とう》さん30年間《ねんかん》独身《どくしん》やったんやから。

上月　さやこ
兵庫県　37歳

「明日の自分」へ

メモに「明日《あした》から頑張《がんば》る」
って書《か》いてあります。
覚《おぼ》えてると思《おも》うけど……一応《いちおう》ね！

榊原 喜子
兵庫県 30歳

「熟年離婚の主人」へ

忘《わす》れないと約束《やくそく》した思《おも》い出《で》も
貴方《あなた》の名字《みょうじ》も明日《あした》返却《へんきゃく》します。
解放感《かいほうかん》は私《わたし》の最後《さいご》の贈物《おくりもの》です

新川　光余
兵庫県　59歳

33年間の結婚生活でしたが離婚することになりました。
主人が解放感を味わえる様に感謝のプレゼントにしたいと思います。

「天国のあなた」へ

お父《とう》さんのにおい
わすれへんよう着《き》ていた服《ふく》
そのままタンスの中《なか》に詰《つ》め込《こ》んだからな

内藤 好美
兵庫県 57歳

結婚してからずーっと一緒だったから、どれひとつ捨てることできない
朝から晩まで本当に離れなかったね（自営だからです）

「紙芝居のおじちゃん」へ

笛《ふえ》と空《あ》き地《ち》と一目散《いちもくさん》。忘《わす》れません。
今《いま》、紙芝居《かみしばい》で保育園《ほいくえん》を訪問《ほうもん》。
あの頃《ころ》の私《わたし》が見《み》えます。

唯一の娯楽だった紙芝居　まだ、おじちゃんの声が耳に残っています。ありがとうございました。
現在、私は、〝紙芝居〟ボランティアをしています。子どもたちの目の輝きの中に、
あの頃の私がいるように感じる時があります。

中尾　美恵子
兵庫県　66歳　主婦

「夫」へ

あなたに染《そ》められた心《こころ》と体《からだ》、
そして、二人《ふたり》で歩《あゆ》んだ道《みち》と女《おんな》の人生《じんせい》、
忘《わす》れません。

林 洋子
兵庫県 62歳

口では言えない言葉、文章では言えます。すばらしい企画です。

「夫」へ

あなたに言《い》われた一言《ひとこと》わすれない。
お前《まえ》の顔《かお》、変《へん》。
あんたにだけは言《い》われたくない。

夫と二人でテレビを見ていたら、急に振り向いて思い出したように言われた。
その時あまりに唐突過ぎて、言い返す言葉が見つからなかった。

松川 千鶴子
兵庫県 58歳 自営業

「息子」へ

あなたを産《う》むまでのあの痛《いた》み、
一生《いっしょう》忘《わす》れんと思《おも》ったのに
抱《だ》いた瞬間《しゅんかん》忘《わす》れてしもてたわ。

山田　寿美子
兵庫県　32歳　主婦

2月に初めての出産を経験しました。二日間にわたるお産となり、もう二度と出産したくないと思っていたのに抱いた瞬間、かわいらしさでそんな気持ちがふっとびました。

「あなた」へ

いい奥《おく》さんになるって約束《やくそく》
忘《わす》れたわけじゃないんやけど、
朝《あさ》の布団《ふとん》が気持《きも》ち良《よ》すぎるんよ

温かい部屋や用意された食事…
気持ちはあるんだけど実行するとなるとなかなか難しい…ゴメンネ

山田　寿美子
兵庫県　32歳　主婦

「昔、助けた鯉」へ

覚《おぼ》えていますか。
私《わたし》は何年《なんねん》たってもあなたの重《おも》み、
生《い》きようとする力強《ちからづよ》い瞳《ひとみ》を忘《わす》れません

小学校3年くらいのとき、近くの川で水が足りなくて干からびそうになっていた鯉を近くの水がいっぱいある川につれて行った時のことです。

吉見 恵
兵庫県 高校3年

「勇気を出してくれた貴方」へ

ハッキリと「好《す》きだ。」と
口《くち》に出《だ》してくれた瞬間《しゅんかん》、
バラ色《いろ》に変《か》わった洗面所《せんめんじょ》を忘《わす》れない。

メールで付き合おうと言われただけで、彼の本心がわからないまま、彼の自宅へ遊びに行きました。夜、洗面所で一緒に歯をみがいていた時の瞬間です。

安藤　裕理子
奈良県　26歳　会社員

「お母さん」へ

なんでもネットが教《おし》えてくれるけど、
わすれません、お母《かあ》さん。
ぬか漬《づ》けの塩加減《しおかげん》。

霻井 綾子
奈良県 59歳 主婦

「こどもたち」へ

みんなの笑顔《えがお》で今《いま》まで

「くみこせんせい」ができました。

忘《わす》れないよ！　忘《わす》れないで!!

来年三月、長い長い保育生活にピリオドを打ちます。
こどもたちの力でここまでやってこられました!!

中辻　久美子
和歌山県　55歳　幼稚園教諭

「亡夫」へ

冷《つめ》たくなる前《まえ》、
「バトンタッチ」と言《い》った
あなたの手《て》のぬくもり、
忘《わす》れない。

松田　美江子
和歌山県　61歳

「自分と自分のまわりにいる人達」へ

「私《わたし》、将来《しょうらい》絶対《ぜったい》に画家《がか》になる。」

四十年《よんじゅうねん》経《た》った今《いま》でも忘《わす》れてないよ。

今《いま》に見《み》ていて。

角森　玲子
島根県　45歳　自営業

「今は亡き夫」へ

今《いま》は、亡《な》き人《ひと》が、
至福《しふく》の場所《ばしょ》だと言《い》った私《わたし》の膝《ひざ》が、
これからもずっと君《きみ》の重《おも》さ忘《わす》れない。

二人共に、五十才の時に、事業失敗で、自宅も手離し、父の看病もあり、離散して、
昨年、病で旅立った夫へ。

松永　眞智子
岡山県　68歳　パート

「新・ムコ殿」へ

三十年前《さんじゅうねんまえ》授《さずか》った俺《おれ》たちの娘《むすめ》を
君《きみ》に託《たく》すって事忘《ことわす》れんじゃねえぞ。
幸《しあわ》せにしてやってくれ。

入籍・同居をすでにしてますが、10月20日に結婚式をします。
夫のつぶやきを文にしました。夫の名で出します。

若狭 正則
岡山県 55歳 会社員

「健吾さん」へ

二十年前《にじゅうねんまえ》「母《かあ》さんこれ」
貴方《あなた》の初賞与《はつしょうよ》での贈物《おくりもの》。
あの伊勢海老《いせえび》の味《あじ》は終生《しゅうせい》忘《わす》れないわ。

岡田　保子
広島県　72歳　主婦

県外へ就職した長男が私の大好物の伊勢海老を年末、おみやげに帰宅した時は、その優しさがとても嬉しく涙腺がゆるみ（感謝感激）ぱなしでした。

「夫」へ

仏頂面《ぶっちょうづら》のあなたが、
その昔《むかし》、一度《いちど》きりでも、
「可愛《かわい》い」と言《い》った言葉《ことば》は、
わすれない。

河上 知子
広島県 60歳 主婦

「じいちゃん」へ

忘《わす》れてると思《おも》ったら大間違《おおまちが》い。
作《つく》ってくれた小物入《こものい》れは、
まだ使《つか》ってるよ。

佐藤　かりん
広島県　13歳　中学校1年

「お母さん」へ

今《いま》どこにいますか？
顔《かお》も声《こえ》も温《ぬく》もりもわすれないけど、
ふと抱《だき》しめて欲《ほ》しくなるよ。

井原　有唯
山口県　18歳　高校3年

母親と家庭の事情で離れてしまい、父と暮らしており、ふと寂しくなったとき、母の存在が恋しくなるから。優しく抱しめて欲しい。

「ねたきりの主人」へ

十五《じゅうご》で初《はじ》めて出会《であ》って四五年《よんじゅうごねん》。
今までの思《おも》い出《で》、わすれない。
又《また》、片思《かたおも》いが始《はじ》まるんだね

くもまっ下出血で倒れて10ヶ月。目は開けていますが言葉は出ません。
一方通行の言葉がけですが、わかってくれていると思います。

森　美智代
徳島県　59歳　パート

「御両親様」へ

親不孝《おやふこう》が忘《わす》れられずに後悔《こうかい》することが、供養《くよう》になると聞《き》き気持《きもち》が安《やす》らぎました。

石原　正一
香川県　63歳　国家公務員

「久米一夫様」へ

兵士《へいし》を送《おく》る列車《れっしゃ》。
必死《ひっし》に兄《あに》を探《さが》し手《て》を握《にぎ》った。
まもなく戦死《せんし》。
あの手《て》の温《ぬく》もり忘《わす》れない。

引田 アサ子
香川県 88歳

「わたし」へ

わすれない二年間《にねんかん》かけて、
じてん車《しゃ》にのれた日《ひ》のこと。
ゆうきをもってがんばったこと。

三好 凛
愛媛県 7歳 小学校2年

「母」へ

車《くるま》イス100m《メートル》走《そう》の記録《きろく》、
11分《ふん》23秒《びょう》。忘《わす》れない。
皆《みな》の声援《せいえん》と、
ゴールで待《ま》ってた母《はは》の笑顔《えがお》。

森田 欣也
愛媛県 50歳

約30年、右肩が少し動くだけの全身マヒの障がいを負った私が障がいに負けずに生きていくための自信と勇気が欲しくて挑戦した。障がい者スポーツ大会での亡くなった母の笑顔。

「総入歯の自分」へ

焼《や》きするめ　も一度《いちど》噛《か》んで　みたいもの
あの舌触《したざわ》り　忘《わす》れられない

山本　敦義
愛媛県　80歳

「父」へ

経済的理由《けいざいてきりゆう》で
大学推薦枠《だいがくすいせんわく》を取《と》り下《さ》げた翌日《よくじつ》に
学校《がっこう》へ頭《あたま》を下《さ》げに行《い》った父《ちち》の事《こと》
生涯忘《しょうがいわす》れない

井上 悦子
高知県 36歳 主婦

「恩師」へ

荒《あ》れた私《わたし》に、
まっすぐな心《こころ》が吹《ふ》きぬけた。
わすれない
その風《かぜ》は、今《いま》もここで吹《ふ》いている。

坂本 鴻
高知県 18歳 高校3年

「お父さん」へ

学校《がっこう》の作文《さくぶん》はいつも母宛《ははあ》てだけど、
職場体験《しょくばたいけん》で見《み》たお父《とう》さんの姿《すがた》、
わすれられません。

徳弘　愛末里
高知県　17歳　高校2年

「お友達」へ

バスで「後《うしろ》から」と言《い》う運転手《うんてんしゅ》の指示《しじ》に
お尻《しり》から乗《の》って来《き》た
おばあさん一生《いっしょう》わすれないネ

バスがワンマンカーに移行し始めた頃、いつもの様に前から乗ろうとして注意され後ドアからでなく前ドアから後向きにお尻から…。

井上 美津江
福岡県 69歳 主婦

「お母さん」へ

お母《かあ》さん、兄《にい》ちゃんに会《あ》えたかな?
矢部川《やべがわ》の螢《ほたる》と花火《はなび》きれいだったね。
忘《わす》れないからね。

一昨年の秋、母が亡くなりました。早死にした息子（私の兄）をなげく母。天の川で会えたら良いと思う。楽しかったふる里の思い出を忘れない。

甲木 かずみ
福岡県 49歳

「国崎先生」へ

小学一年生《しょうがくいちねんせい》の時《とき》に先生《せんせい》から
「お話《はなし》は目《め》と耳《みみ》と心《こころ》で聞《き》きます」
と習《なら》ったこと、忘《わす》れません。

国崎先生は、私が小学校一年生の時の担任の先生です。先生が教えてくださったこの言葉を、私はいつも心にとめて過ごしています。この言葉は私の心の柱です。

亀之園 ひなの
福岡県 14歳 中学校2年

「先輩」へ

剣道《けんどう》の引退試合《いんたいじあい》…初戦《しょせん》で負《ま》けた先輩《せんぱい》。
すぐに面《めん》をはずせなかった姿《すがた》が
わすれられません。

志岐　輝太郎
福岡県　13歳　中学校1年

「十五才の聡子《さとこ》」へ

初《はじ》めて行《い》った釧路《くしろ》から
送《おく》ってくれたカニの味《あじ》、
伝票《でんぴょう》の字《じ》も忘《わす》られぬ。
ありがとう我《わ》が子《こ》。

中学3年の夏、国体出場が決まり、釧路の合宿へ行きました。
「お母さんカニ送ったよ！ たった三千円よ安いでしょ」と。
今までの高価なカニよりありがたくて、忘れられない味です。

柴田 恵子
福岡県

「ひい婆ちゃん」へ

「昇平君《しょうへいくん》、はいおやつ！」
ひい婆《ばぁ》ちゃん、私《わたし》の弟《おとうと》はね、
昇太郎君《しょうたろうくん》だよ、忘《わす》れないでね！

4才の弟の名前を度々まちがえるひい婆ちゃんに、6才の娘が言った言葉です♡

菅中　美都姫
福岡県　6歳　小学校1年

「芥川龍之介様」へ

忘《わす》れもしない。
幼児《ようじ》の時《とき》みた蜘蛛《くも》の糸《いと》。
地獄《じごく》の存在《そんざい》今《いま》でも信《しん》じ
蜘蛛《くも》を殺《ころ》せず四十年《よんじゅうねん》。

藤本　里美
福岡県　40歳　医療事務員

保育園がお寺であった為か地獄絵図など目にしていた。
その中でも映画鑑賞で見せられた蜘蛛の糸は衝撃が大きすぎて忘れられない。

「両親」へ

初《はじ》めて名前《なまえ》の由来《ゆらい》を聞《き》いた日《ひ》。
そんな大人《おとな》になりたいな。
二人《ふたり》の優《やさ》しさわすれない。

初めて自分の名前の由来を聞いてうれしかった時の気持ちを忘れない。
20歳になった今、そんな大人に近づけたかな。二人が考えてくれた大切な名前。
いつまでも名前の由来も大切に二人のような大人になりたい。

又木 美咲
福岡県 20歳 短期大学部2年

「宮城県の仮設住宅の皆さん」へ

あの笑顔《えがお》を私《わたし》は絶対《ぜったい》に忘《わす》れない。
励《はげ》ますために行《い》ったつもりが
逆《ぎゃく》に元気《げんき》を貰《もら》いました。

小旗 美孔
佐賀県 14歳 中学校3年

一月に宮城県へ訪問しました。衝撃的な現実を目のあたりにし、改めて「震災」を再認識しました。そこで行った仮設住宅の皆さんとの交流会での暖かな笑顔がとても印象的だったのでその方たちへ送ります。

「妻」へ

寒《さむ》くて眠《ねむ》れない単身赴任地《たんしんふにんち》の夜《よる》。
羊《ひつじ》を数《かぞ》えたら迷《まよ》い込《こ》んで来《き》た
君《きみ》の笑顔《えがお》をわすれない。

吉村　金一
佐賀県　55歳　学習塾講師

10年ほど前のこと。北の町へ単身赴任をした。寒い中での独り寝はとても寂しい。一匹、二匹と羊を数えていたら、妻の笑顔が浮かんできた。

「校長先生」へ

試合《しあい》のあと先生《せんせい》がおごってくれたカツ丼《どん》、
決《けっ》して忘《わす》れません。
初体験《はったいけん》のカツ丼《どん》でした。

麻生　勝行
長崎県　72歳

野球の試合で優勝した時のことです。

「父」へ

認知症《にんちしょう》の父《とう》さん。
施設《しせつ》でも警官《けいかん》やってるそうですね。
真面目《まじめ》で勤勉《きんべん》な父《とう》さんらしい。

坪内　薫
長崎県　60歳　製造業

認知症の父ですが警官一筋勤勉に仕事をやっていた父は、施設でも警官として仕事をしていると思っているらしくスタッフに仕事の指示をするらしいです。

「美由輝《みゆき》（娘）」へ

超音波検査《ちょうおんぱけんさ》の画面《がめん》に映《うつ》る
虫《むし》のようなあなたの心臓《しんぞう》を
見《み》つけた時《とき》の感激《かんげき》は一生《いっしょう》モノですよ。

十年間に亘る不妊治療の末、初めて胎児の存在を確認出来ました時の気持ちは、
忘れられません。

樋口 美代子
長崎県 48歳 主婦

「愛しい私の娘」へ

人《ひと》にしてあげたことは
すぐに忘《わす》れなさい。
人《ひと》からしてもらったことは、
忘《わす》れずにいなさい

私自身、親から教えられていたこと。人間関係を上手にすると思ってます。

南 雅代
熊本県 52歳 自営業

「夫」へ

オイ、お前《まえ》。
私《わたし》にだってあるんです。
三十四年《さんじゅうよねん》も隠《かく》れてる、
その名前《なまえ》、忘《わす》れないで！

山本　せい子
熊本県　62歳　主婦

「亡き夫」へ

「もう一度《いちど》燃《も》えるような恋《こい》をして、
この癌《がん》を焼《や》きつくしたいよ」
あなたの言葉《ことば》わすれない

38才の若さで亡くなった主人　癌の痛みを私が替ってあげたいと言ったら、焼いてしまいたいと言ったのです。もう33年立ちました。

今永　恵子
大分県　66歳　主婦

「こうせいくん」へ

「ママと結婚《けっこん》したいけど、
パパがおるけんなぁ〜」
とつぶやいていたこと忘《わす》れんよ。

高木　敦子
大分県　43歳

「高校生の娘」へ

外出先《がいしゅつさき》であなたを忘《わす》れてきたこと、
もうそろそろ忘《わす》れて頂《いただ》けないでしょうか…。

横山 素子
大分県 50歳 主婦

「妹」へ

怒《おこ》られても追《お》いかえされてもついて来《き》た。
もうわすれたと笑《わら》う妹《いもうと》。
今《いま》では一番《いちばん》頼《たよ》れる人《ひと》。

私は九人兄弟の八番目。兄・姉そして一人の妹に囲まれたとても賑やかな家族でした。

森 のり
宮崎県 69歳 パート

「ランドセル」へ

六年間《ろくねんかん》ありがとう。
綺麗《きれい》な赤色《あかいろ》、忘《わす》れない。
今《いま》、東北《とうほく》のどこにいるの。

中川路　麻莉乃
鹿児島県　18歳　高校3年

「グウスカおばあちゃん」へ

「ほしの王子《おうじ》さま」
げきみてかんどうしてるぼくのよこで
ねてたでしょ
いびき忘《わす》れないよ

宮田　葉生
鹿児島県　7歳　小学校1年

予備選考通過者名

順不同

北海道
明石 菜々
石館 実沙
大塚 崇晴
奥田 美里
小車 楓
小野寺 雅美華
河田 順子
坂上 かおり
島田 優
社内 莉子
野崎 彩子
林 佳菜子
三浦 公佐子
三河 孝気
三ツ橋 鼓太郎
宮坂 純
山本 理絵子

青森県
風間 やす子
澤頭 房江

岩手県
柏﨑 望
佐藤 真智子
佐藤 安子
新里 秀明
似内 旗厘

宮城県
小海途 樹
近藤 孝悦
鈴木 咲花
髙野 善造
友寄 華乃
新澤 擁子
新田 稜磨

秋田県
小嶋 正男
髙橋 望

福島県
伊藤 愛
大内 未来
坂本 啓子
錫谷 和子
冨山 栄子
豊口 卓
藤田 健也
湯田 由記子
渡部 裕

茨城県
原 裕介

栃木県
篠崎 純子
田村 昌代
西原 千秋
野尻 敏夫
舟岡 行子
三好 貫一

群馬県
飯塚 玲菜
小林 遥香
坂井 勇介
杉田 璋郎

埼玉県
逸見 和哉
犬伏 恭子
今井 そめ
菊地 正子
菅野 真由
髙橋 樹
多田 真由美
長坂 均
船倉 恵里菜
松永 悠花
村松 てる子
村山 金悟
山田 清一郎
山田 博雄
吉野 尚恵

千葉県
秋谷 正夫
内川 和子
海老原 結女
大久保 俊輝
小野 千尋
小野 千尋
小野 千尋
叶 昌彦
佐々木 紀子
作家 彩香
藤田 千絵
横瀬 立宇
渡会 克男

東京都
市田 幸恵
伊藤 智子
伊藤 尚紀
岩村 匠
大平 千鶴子
岡島 弘昌
片山 渉
坂口 利彦
島立 隆男
鄭 用恩
髙﨑 直昭
谷川 修作
多羅尾 文子
俵山 美雪
山口 としこ

神奈川県
岩泉 美子
上野 真由
大林 豊
勝山 恵子
小林 まり子
髙橋 楓
南部 陸
松丸 久美子
茂木 弘美

山梨県
三枝 千瑞

武井 聡子

長野県

金山 さくら
小島 めぐみ
小林 由喜子
古川 正雄
尾﨑 黎凜

新潟県

板垣 佳甫
今井 包和
玉木 智子
横山 治隆
涌井 和子
涌井 和子

富山県

四十住 愛梨
赤川 美月
杉林 瑠希
堀井 和美

石川県

井上 真由美
岡本 渡
酒井 信男
佐藤 和夫
松本 栄子

福井県

明瀬 忠道
明後 亜都姫
石田 悦子
伊東 ゆかり
伊藤 佳子
岩本 豊
宇野 裕子
江端 初枝
大西 悟
岡田 大暉
尾﨑 みのり
織田 香寿子
笠井 りり
川﨑 まみ子
川端 紘凱
菊田 麻理
北野 よしえ
幸山 巧弥
小山 泰生
酒井 秀世
さかいゆうせい
坂川 真由
佐々木 薫
佐々木 沙織
澤田 航大
柴田 隼玖
嶋田 絹代
杉江 妙子
杉本 三重子
鈴木 千恵
高橋 結菜
たなかひさと
田中 藍
塚本 真由美
寺﨑 周大
戸田 八重子
土肥 拓郎
橋本 倖
林 澄子
平井 ちよ子
廣岡 栄子
藤田 玉恵
堀田 栄
増田 栄一
的矢 晃子
三上 愛歩
水野 俊典
三田 玲華
宮地 くすみ
向野 一空海
本島 有紗
安川 千代
安田 春美
山本 芽衣
四田 尚吾

岐阜県

長谷川 明美
堀部 眞美

静岡県

石原 綾子
片平 千代子
西原 強
馬場 安代
森 照子

愛知県

青山 晃江
上平 真由香
菊水 克子
角舘 巳喜雄
前川 陽彦
望月 貴司
伊藤 美佳

三重県

岩谷 隆司
長 香里
喜田 千賀子
佐野 一江
武田 とし子
辻 貴美子
辻 貴美子
中村 友美
長谷川 貴子
堀口 弘子
村田 満彦
森口 典子
山浦 克巳
山﨑 照代
山本 すず生

滋賀県

猪狩 智子
功刀 銀馬
島本 尚磨
中川 あかり
野﨑 稔
野々村 まさ子
早田 京子
森本 麗菜
山口 みち子

京都府

髙木 愛子

大阪府

井手 真祐
井上 了
牛尾 もと子
乙田 美砂子
表 真彩
久米 辰雄
谷口 五朗
中内 陽子

中村 定次
埜辺 綾香
長谷川 皓士
宮本 みづえ
向井 道広
村上 綾
山東 寿海
山村 梨菜

兵庫県

井垣 菜月
稲次 京子
上田 早織
岡野 雄伍
加古 智子
岸本 京子
木下 魁
木下 正美
上月 賢司
坂上 建志
塩谷 真里
柴田 桜
高島 裕美
高橋 七菜
竹下 由夏
武田 理恵
田村 正子
土井 薫
富田 圭一
永尾 美典
中西 真由
西口 賢治
西谷 綜一郎
平本 喜代子
前橋 啓治
松浦 綾子
三浦 早稀
村地 亜里紗
谷神 温菜
山家 朋子
山下 笑佳

奈良県

大畑 桂子
釜木 紀子
辻本 節子
福島 千佳

和歌山県

木村 公紀
清家喜八郎右衛門
櫻井 杏奈
中川 祐一
中村 賢一
西浦 弘穏
古谷 友博
前田 文子
山本 隆雄

鳥取県

安田 恵子

島根県

田平 和子

岡山県

出井 光子
塩田 節子
塩津 誠治

広島県

今田 倫子
今谷 友香
牛尾 江那
木村 直子
中原 眞由美
野村 康則
橋本 亜沙美
橋本 正子
原田 俊彦
森貞 心
八木 薫

山口県

井上 紗也香
大木 清子
田中 真澄
津田 和子
中村 洋子
原田 久美子

香川県

玉井 節子
寺尾 智恵子

愛媛県

岡本 千春
菅 伸明
近藤 由美
谷本 真紀子
山本 敦義
吉田 円舞

高知県

高田 拓
竹村 悦子
中平 美佐夫
橋田 由香
山田 明莉

福岡県

梶嶋 直人
見城 留梨華
小池 徳子
幸田 亜里咲
小森 真奈
坂井 洋子
嶋崎 眞知
白井 紗瑛
杉山 綾子
田中 小夜美
田淵 真吾
中島 マリア
西田 美奈子
久恒 真寿美
久恒 真寿美
三浦 慎也
森田 浩平
山口 桜里
山田 瑞己
山野 杏
吉岡 紋

佐賀県

中溝 千枝子

長崎県

麻生 勝行
荒木 順子
加藤 ゆう紀
久山 由紀子
宮本 侑佳

熊本県

清田 美智子

熊田 美和子
小馬田 麻衣
斉藤 和子
坂本 宏哉
佐渡 幸一
田中 亜也子
藤田 加津代
宮崎 渚
山下 ひろみ

大分県

今永 恵子
大野 千寿子
岡 賢俊
髙木 敦子
玉田 章子
山城 早苗

宮崎県

泉 伊都子
梅田 貴子

鎌田 剛史
森 のり

鹿児島県

今村 紗希
久保 雪菜
郷 芳美
立和名 里々衣
浜田 虹佳
山下 知止美
吉脇 百華

沖縄県

喜納 勝代
友利 久美子
宮城 優子

カナダ

湯浅 舞夏

あとがき――わすれてはいけないこと

二〇一一年三月十一日、この日は誰にとっても〝わすれられない日〟となりました。

特に被災された多くの人々にとって、生涯わすれることの出来ない日となりました。「東日本大震災」という名称で、これからも語り継がれることでしょうが、かけがえのないものを失った悲しみはいつまでも癒えることはないでしょう。

東北各地の多くの人達と出会い、実感し、共感しながら、常に問いかけだけが追いかけてきました。

あたり前の生活がいかに大切であるのか、あたり前だから大切なことをわすれてしまうのか。毎日の生活の中に多くのわすれてはいけないことが、今回の作品の中に見られたように思います。

親のことであったり、子供のことであったり、友のことであったり、今自分にとってわすれてはいけないことは、何だろうという問いかけが、多くありました。失ってしまったものへの思慕は、より深いものを感じますが、日常生活の中でも意外とわすれていることがあるようです。

人間はわすれることで、次に行けるという考えもありますが、わすれてはいけないことまで、わすれていることに気が付かないものでもあります。

日本人の、言葉がなくても通じる関係も大事ですが、言葉にすることによって心が通じ、大切なものに気付くことも多くあります。

四万一二三七通の手紙にはこれら多くの想いがつまっていました。書くことで気付く人の想い。自分自身に問いかけることで、もう一度挑戦する気力を得ることも可能です。

手紙はとてもいいものです。伝える心があるのです。

住友グループの皆様には、これら多くの想いと正面からぶつかっていただきました。何気ないひとことから、深い想いを取り出す作業が選考です。おつかれ様でした。

郵政グループの皆様には、年を重ねての手紙文化ご支援ありがとうございます。

池田理代子さん、小室等さん、佐々木幹郎さん、中山千夏さん、林正俊さん、選考にご苦労されました。

坂井青年会議所の皆様も一緒に苦労させていただきました。これら選考された作品を、今回も中央経済社より発刊させていただきます。当財団の最高顧問でもあります山本時男氏はじめ、関係各位の皆様に心よりお礼申し上げます。

わすれてはいけないことを肝に銘じ、これからも手紙文化の花を咲かせ続けたいと思っています。

二〇一四年　春

編集局長　大廻　政成

日本一短い手紙「わすれない」第21回一筆啓上賞

二〇一四年五月一日　初版第一刷発行

編集者――公益財団法人丸岡文化財団
発行者――山本時男
発行所――株式会社中央経済社
〒一〇一－〇〇五一
東京都千代田区神田神保町一－三一－二
電話〇三－三二九三－三三七一（編集部）
〇三－三二九三－三三八一（営業部）
http://www.chuokeizai.co.jp/
振替口座　00100-8-8432
印刷・製本――株式会社　大藤社
編集協力――辻新明美

＊頁の「欠落」や「順序違い」などがありましたらお取り替えいたしますので小社営業部までご送付ください。（送料小社負担）

ISBN978-4-502-09670-9　C0095

シリーズ「日本一短い手紙」
好評発売中

四六判・236頁
本体1,000円＋税

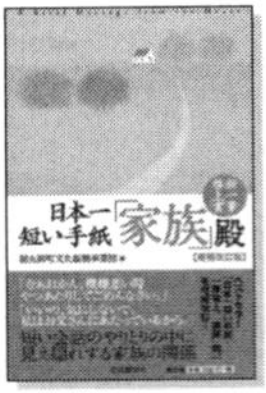

四六判・162頁
本体900円＋税

四六判・160頁
本体900円＋税

四六判・162頁
本体900円＋税

四六判・168頁
本体900円＋税

四六判・236頁
本体900円＋税

四六判・188頁
本体1,000円＋税

四六判・198頁
本体900円＋税

四六判・184頁
本体900円＋税

四六判・186頁
本体900円＋税

四六判・178頁
本体900円＋税

四六判・184頁
本体900円＋税

四六判・258頁
本体900円＋税

四六判・210頁
本体900円＋税

四六判・224頁
本体1,000円＋税

四六判・184頁
本体1,000円＋税

四六判・186頁
本体1,000円＋税

四六判・178頁
本体1,000円＋税

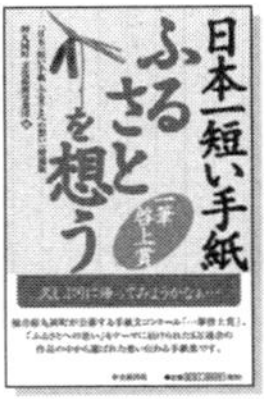

四六判・186頁
本体1,000円＋税

四六判・196頁
本体1,000円＋税